Este livro pertence a:

This book belongs to:

....

Aviso aos pais e responsáveis

Leia sozinho é uma série de contos de fadas clássicos e tradicionais, escritos de maneira simples para proporcionar às crianças autoconfiança e sucesso em seu início no mundo da leitura.

Cada livro é estruturado cuidadosamente para incluir muitas palavras usadas com bastante frequência e que são essenciais para a primeira leitura. As frases em cada página são apoiadas por imagens detalhadas que ajudam na leitura e estimulam a conversa.

Os livros são classificados em quatro níveis que apresentam um vocabulário progressivamente mais amplo e histórias mais compridas à medida que a capacidade do leitor aumenta.

Note to parents and tutors

Read it yourself is a series of classic, traditional tales, written in a simple way to give children a confident and successful start to reading.

Each book is carefully structured to include many high-frequency words that are vital for first reading. The sentences on each page are supported closely by pictures to help with reading, and to offer lively details to talk about.

The books are graded into four levels that progressively introduce wider vocabulary and longer stories as a reader's ability grows.

O nível 1 é ideal para crianças que já foram iniciadas na leitura. Cada história é contada de maneira simples, usando uma quantidade pequena de palavras que se repetem frequentemente.

Level 1 is ideal for children who have received some initial reading instruction. Each story is told very simply, using a small number of frequently repeated words.

Características especiales:

Special features:

O Patinho Feio
The Ugly Duckling

Mamãe Pata
Mother Duck

Os patinhos
The ducklings

Os ovos
The eggs

6

7

Seis patinhos eram lindos.
Um patinho não era.

Six ducklings were beautiful.
One duckling was not.

10

11

Correlação cuidadosa entre a história e as figuras

Careful match between story and pictures

Páginas de abertura que apresentam palavras-chave

Opening pages introduce key story words

Letra legível

Large, clear type

Consultora pedagógica: Geraldine Taylor

O registro do catálogo deste livro está disponível na Biblioteca Britânica

Publicado por Ladybird Books Ltd
80 Strand, London, WC2R ORL
Empresa do grupo Penguin

001
© LADYBIRD BOOKS LTD MMXIII
Ladybird, "Leia Sozinho" e o logotipo Ladybird são marcas registradas ou marcas de comércio não registradas
pertencentes à Ladybird Books Limited.

ISBN: 978-0-14750-876-8

Impresso na China

Educational Consultant: Geraldine Taylor

A catalogue record for this book is available from the British Library

Published by Ladybird Books Ltd
80 Strand, London, WC2R ORL
A Penguin Company

001
© LADYBIRD BOOKS LTD MMX. This edition MMXIII
Ladybird, Read It Yourself and the Ladybird Logo are registered or
unregistered trade marks of Ladybird Books Limited.

ISBN: 978-0-14750-876-8

Printed in China

O Patinho Feio

The Ugly Duckling

Ilustrado por Richard Johnson

Illustrated by Richard Johnson

Mamãe Pata

Mother Duck

Os ovos

The eggs

O Patinho Feio

The Ugly Duckling

Os patinhos

The ducklings

Era uma vez, havia sete ovos.

Once upon a time
there were seven eggs.

Seis patinhos eram lindos.
Um patinho não era.

Six ducklings
were beautiful.
One duckling was not.

–Você é feio–
a Mamãe Pata disse.
–Vá embora!

"You are ugly," said Mother Duck. "Go away."

O patinho feio
encontrou uma vaca.
–Você é feio– a vaca
disse. –Vá embora!

The Ugly Duckling
met a cow.
"You are ugly,"
said the cow.
"Go away."

O patinho feio
encontrou um gato.
–Você é feio– o gato
disse. –Vá embora!

The Ugly Duckling
met a cat.
"You are ugly,"
said the cat.
"Go away."

O patinho feio
encontrou um coelho.
–Você é feio– o coelho
disse. –Vá embora!

The Ugly Duckling
met a rabbit.
"You are ugly,"
said the rabbit.
"Go away."

O patinho feio
encontrou um menino.
–Você é feio– o menino
disse. –Vá embora!

The Ugly Duckling
met a boy.
"You are ugly,"
said the boy.
"Go away."

O patinho feio encontrou
uma menina.
–Você é feio– a menina disse.
–Vá embora!

The Ugly Duckling
met a girl.
"You are ugly,"
said the girl.
"Go away."

O patinho feio ficou
tão sozinho.
Ele ficou muito triste.

The Ugly Duckling
was all alone.
He was very sad.

Um dia, o patinho feio
viu uns cisnes lindos.
–Olhe para a água– os
cisnes disseram.

One day, the Ugly Duckling
saw some beautiful swans.
"Look in the water,"
said the swans.

–Você é lindo–
os cisnes disseram.
–Vem com a gente.
E ele foi.

"You are beautiful,"
said the swans.
"Come with us."
And he did.

Você se lembra bem da história do Patinho Feio? Responda às perguntas para descobrir!

How much do you remember about the story of The Ugly Duckling? Answer these questions and find out!

Havia quantos ovos no ninho?

How many eggs are there in the nest?

O que todo mundo dizia para o patinho feio fazer?

What does everyone tell the Ugly Duckling to do?

O que o patinho feio viu quando olhou para a água?

What does the Ugly Duckling see when he looks in the water?

Olhe para as figuras e diga em que ordem elas deveriam estar.

Look at the pictures from the story and say the order they should go in.

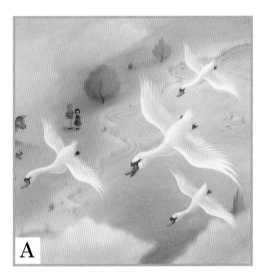

A

B

C

D

31

Leia Sozinho com Ladybird

Read it yourself with Ladybird

O Patinho Feio
The Ugly Duckling

Cinderela
Cinderella

Os Três Porquinhos
The Three Little Pigs

Chapeuzinho Vermelho
Little Red Riding Hood

João e o pé de Feijão
Jack and the Beanstalk

Rapunzel
Rapunzel

O Mágico de Oz
The Wizard of Oz

Branca de Neve e os Sete Anões
Snow White and the Seven Dwarfs

Colecione todos os títulos da série.
Collect all the titles in the series.